1   Tu n'es pas la femme de l'homme que je suis.

© *Nathanaël AMAH , 2019 NATHAM Collection*

© Nathanaël AMAH , 2019(J9CR1KB)

Tous droits de reproduction, d'adaptation et de traduction, intégrale ou partielle réservés pour tous pays.
L'auteur est seul propriétaire des droits et responsable du contenu de cet ouvrage

Couverture : photo de LARISA KAZAKOVA (avec son
aimable autorisation)

3   Tu n'es pas la femme de l'homme que je suis.
              © *Nathanaël AMAH , 2019   NATHAM Collection*

Du même auteur :

(E-books & version papier)

- Somewhere in Vladivostok
- Harcèlement   *(éd. BOD)*
- Harassment   *(éd. BOD)*
- Acoso   *(éd. BOD)*
- Neith (La mystérieuse Nubienne)   *(éd. BOD)*
- The Nubian (The mysterious Neith)   *(éd. BOD)*
- Les macarons   *(éd. BOD)*
- La veuve PLYNN   *(éd. BOD)*
- Instants ultimes   *(éd. BOD)*
- Que dire de plus ?   *(éd. BOD)*
- Cousine !   *(éd. BOD)*

(www.bod.fr)

Tu n'es pas la femme de l'homme que je suis.
© *Nathanaël AMAH , 2019 NATHAM Collection*

5   Tu n'es pas la femme de l'homme que je suis.

© Nathanaël AMAH , 2019   NATHAM Collection

« *L'amour consiste pour l'homme à deviner la femme, pour la femme à comprendre l'homme.* »

Louis DUMUR (1892)

Tu n'es pas la femme de l'homme que je suis.
© *Nathanaël AMAH , 2019 NATHAM Collection*

« **_L'ennui est la seule chose horrible dans ce monde. C'est le seul péché pour lequel il n'existe pas de pardon._** »

Oscar Wilde

Tu n'es pas la femme de l'homme que je suis.

© *Nathanaël AMAH , 2019   NATHAM Collection*

8   Tu n'es pas la femme de l'homme que je suis.

© *Nathanaël AMAH , 2019   NATHAM Collection*

TU N' ES PAS LA FEMME DE L'HOMME QUE JE SUIS.

Roman

Tu n'es pas la femme de l'homme que je suis.

© Nathanaël AMAH , 2019 NATHAM Collection

10   Tu n'es pas la femme de l'homme que je suis.

© *Nathanaël AMAH , 2019 NATHAM Collection*

1

… Les époux se doivent mutuellement respect, fidélité, secours, assistance.....

- « *Tu t'en souviens ?* »

- « *Oui ! C'était une très belle journée.* »

- « *…Et où en sommes nous aujourd'hui ?* »

Tu n'es pas la femme de l'homme que je suis.
© *Nathanaël AMAH , 2019   NATHAM Collection*

- « *Drôle de question ! …. Là où nous en sommes, pardi ! … Là où la vie nous a conduits. … Tu en doutes ? Regarde autour de toi. Dis-moi ce que tu vois. As-tu essayé de remettre ton costume de ce jour là ? Non ? Tu as grossi ? Moi aussi. Regarde nos enfants. Ils sont grands. Ils nous ont donné plusieurs petits enfants. Ils sont en bonne santé. Dieu merci. … Que demander de plus à la vie ?* »

- « *Oui, ils sont en bonne santé. … Tu as parfaitement compris ce que je veux dire. Mais tu me réponds à côté.* »

- « *Ah bon ! Je ne suis pas d'humeur à jouer aux devinettes. Qu'est-ce qui te prend à vouloir me faire dire ce que je n'ai pas envie de dire ?* »

- « *Justement, cela fait vingt cinq ans que tu ne dis plus rien. … parle-moi s'il te plaît.* »

- « *Te dire quoi que tu ne saches déjà ?* »

- « *Par exemple, que tu n'es pas heureuse.*

Tu n'es pas la femme de l'homme que je suis.
© *Nathanaël AMAH , 2019 NATHAM Collection*

Est-ce si compliqué à dire ? »

- *« Non ! Cela ne se voit pas comme le nez au milieu du visage ?.. ».*

- *« Oh ! ... A ce point ? »*

- *« Tu n'as même pas idée de l'ampleur des dégâts. ... Pourquoi tout ça aujourd'hui ? Qu'est-ce qui t'arrive ? ... Que veux-tu me dire ?»*

- *« Ampleur des dégâts ? Tu plaisantes ? »*

- *« Non ! Et tiens-le pour dit ! Et je suis en dessous de la vérité. »*

- *« Bon ! Dis-moi, cela évoque quoi pour toi l'adverbe 'Mutuellement' ? »*

Un ange passe.

- *« Tu ne dis rien ? ... Sache que cet adverbe évoque chez moi, la notion de réciprocité. Pas toi ? ... Et tu sais ce que cela veut dire n'est-ce pas ? Cette assurance de nourrir dans son cœur, un sentiment vrai*

Tu n'es pas la femme de l'homme que je suis.
© *Nathanaël AMAH , 2019 NATHAM Collection*

et désintéressé. ... Ça te parle ? ... Non ? »

Un autre ange passe

- « *Crois-tu que je n'ai pas pris ma part au cours de toutes ces années passées auprès de toi ?...*

Mais au fond je commence à comprendre pourquoi tu n'oses pas parler ... Parce que je suis l'homme, je devrais endosser toutes les responsabilités concernant l'étiolement de nos sentiments ? ... Lorsque la flamme qui réchauffait notre amour a commencé à vaciller et que je te semblais défaillant, pourquoi toi, tu n'as pas pris l'initiative de raviver cette flamme nécessaire à la survie de notre couple ? Peux-tu m'expliquer ?

... Un couple, ce sont deux personnes sur un même bateau, regardant vers le même horizon.

... Alors, comment peux-tu penser que le sentiment d'amour, c'est à dire le don de soi, ne puisse pas être générateur d'une réciprocité au sein du couple ? ... J'ai du

Tu n'es pas la femme de l'homme que je suis.
© Nathanaël AMAH , 2019 NATHAM Collection

mal à comprendre. »

- « *Tu as fini de parler ? ... Je peux en placer une ?* »

- « *Je ne demande que ça.* »

Tu n'es pas la femme de l'homme que je suis.
© *Nathanaël AMAH , 2019 NATHAM Collection*

2

Marguerite se retire de la table de la cuisine. Elle avance vers le réfrigérateur, l'ouvre et sort une bouteille d'eau. Elle se sert un grand verre avant de se rasseoir.

Alain, médusé de ne pas se voir proposer un verre d'eau également, observe avec envie les mouvements de sa gorge au fur et à mesure que l'eau fraîche descend dans son gosier.

Elle finit son verre et se tourne vers son époux

Tu n'es pas la femme de l'homme que je suis.

© Nathanaël AMAH , 2019 NATHAM Collection

assoiffé, bien décidée à répondre à son interpellation.

A première vue, Marguerite et Alain forment un couple « ordinaire » : rien de particulier, rien à signaler. Tout semble lisse. Rien ne dépasse.

Alain, commercial à l'international dans un grand groupe du secteur High-tech en Allemagne, est absent une semaine sur deux.

Marguerite, ingénieure de formation, est mère au foyer par choix pour permettre à leurs sept enfants de bénéficier de toute son attention en tant que mère, leur père étant souvent absent du foyer.

Ils vivent tous les deux en Alsace avec leur famille nombreuse.

Ils sont installés dans un quartier résidentiel à Haguenau, dans un pavillon cossu acheté après la naissance de la deuxième paire de jumeaux de la fratrie.

Tu n'es pas la femme de l'homme que je suis.
© Nathanaël AMAH , 2019 NATHAM Collection

- « *Tu me parles de réciprocité, n'est-ce pas ? Alors écoute moi bien.*

Veux-tu que je te dresse la longue liste de tout ce que j'ai mis dans la balance au cours de toutes ces années, au service de notre couple et pour sa survie ? » dit-elle avec un calme olympien.

Alain hoche la tête. Il lève les yeux au ciel.

Marguerite poursuit :

- « *Non ?*
Eh bien, je suis d'accord avec toi. On risque d'y passer la nuit.

' ... Jamais d'union s'ils ne connaissent des joies partagées ...' (1) à ce qu'il paraît.

Alors, peux-tu me dire combien de fois au cours de ces cinq dernières années, nous avons partagé des joies toi et moi ? ... Et je ne parle même pas de cette jouissance pleinement goûtée et consommée que l'on nomme la volupté. »

Marguerite se retire à nouveau de la table, se

Tu n'es pas la femme de l'homme que je suis.
© *Nathanaël AMAH , 2019 NATHAM Collection*

dirige vers le réfrigérateur. Elle l'ouvre, et du bac à légume, elle prend une pomme et revient s'installer à la table. Elle la nettoie sur son chemisier et se met à la croquer tout en fixant son époux.

Alain se demande dans quel guêpier il s'est mis.

Il avait une idée précise dans la tête en interpellant son épouse. Il voulait lui dire quelque chose de précis. Durant ses longues heures de route à bord de son véhicule de fonction, il a ressassé à longueur de temps ce qu'il voulait lui exprimer. Il l'a mûri dans son esprit. Il se sentait prêt. Mais, à présent, il n'est plus très sûr de vouloir poursuivre cette discussion. L'argumentaire que lui imposent les répliques de Marguerite, ne lui permet pas de dérouler et développer son idée comme il l'aurait souhaité. C'est bien regrettable. Parfois, ne vaudrait-il pas mieux de rendre les armes et signer une capitulation en bonne et due forme ?

Marguerite ne l'entend pas de cette oreille. Pas question de capituler. Elle attend cette

© Nathanaël AMAH , 2019 NATHAM Collection

discussion depuis longtemps, et pour elle, c'est l'occasion où jamais de crever l'abcès.

Sa position dominante à l'intérieur de « sa » cuisine lui permet d'adopter toutes les postures face à ce monsieur qui ose venir la braver dans son domaine.

- *« Oh Margot, qu'est-ce qui nous arrive ? … Que sommes-nous devenus ? … Nous ne pouvons même plus nous parler sans ressembler à des belligérants ? … »*

- *« Qui te parle de guerre ? … Mon cher et tendre époux, je t'ai posé une question claire et précise. … Réponds-moi s'il te plaît. … Tu m'as interpellée. Tu as essayé habilement de me faire porter un chapeau dont la taille ne correspond pas à la circonférence de ma tête. Et tu crois que tu vas t'en sortir ainsi en prenant ce ton pathétique ? »*

- *« Nos enfants, nos petits-enfants ne sont-ils pas de grandes sources de joie pour nous ? »*

Marguerite lève les yeux au ciel.

Tu n'es pas la femme de l'homme que je suis.
© *Nathanaël AMAH , 2019 NATHAM Collection*

- « *Alain, tu me déçois ! … C'est tout ce que tu as trouvé ?* »

Alain est désemparé.

A son tour, il se lève, avance vers le réfrigérateur, ressort la bouteille d'eau, et se sert. Il propose un verre à son épouse. Elle décline sèchement l'offre. Très mauvais signe. Pas question de pactiser avec l'ennemi.

Tu n'es pas la femme de l'homme que je suis.
© Nathanaël AMAH , 2019 NATHAM Collection

3

- « *Bien, par où tu voudrais commencer ?* »

- « *Par où tu veux, mais je veux une réponse. C'est trop facile de te ramener et m'accuser de choses qui me sont totalement étrangères.* »

- « *Je suis conscient que je n'ai pas souvent été présent auprès de ma famille. ... Aurais-*

Tu n'es pas la femme de l'homme que je suis.
© *Nathanaël AMAH , 2019 NATHAM Collection*

je pu faire autrement ? ... Par exemple, me trouver un job local qui me ferait rentrer tous les jours à la maison à dix-sept heures ? ... Coucher dans mon lit tous les jours et te faire l'amour tous les soirs ? ... Faire vivoter ma famille avec le peu de moyens financiers dont je pourrai disposer grâce à ce travail local ? ...

Nous avons sept enfants, rappelle-toi. ...

Cela t'a conféré de facto *un boulot à plein temps, et mon respect. ...*

Moi, pour rapporter l'argent à la maison, j'ai dû parcourir des milliers de kilomètres à travers l'Allemagne. ... Et lorsque je rentrais, tu peux aisément imaginer mon état de fatigue. ...

Toi, après avoir fait ton travail de maman à plein temps, dans quel état penses-tu que tu te trouvais en fin de semaine lorsque nous nous retrouvions ? ...

Et puis, toutes les décisions que nous devions prendre concernant la famille,

Tu n'es pas la femme de l'homme que je suis.
© Nathanaël AMAH , 2019 NATHAM Collection

toutes les discussions sur le devenir des enfants, etc …. Chérie, tu comprends ce que je viens de t'expliquer ? »

- « *Je ne te demande pas de remonter à Mathusalem.* » réplique Marguerite d'un ton sec.

Alain esquisse un sourire.

- « *Oui, mais j'ai pensé qu'il était utile de commencer par le commencement. … Mais au fait, je peux savoir pourquoi tu te montres si agressive avec moi ? … Si j'avais quelque chose à dissimuler, crois-tu sincèrement que j'aurais engagé une telle conversation ?* »

- « *L'agressivité est l'encontre de tous mes principes, mais, je me rends compte que je suis devenue agressive parce que j'en ai assez de vivre cette vie insipide dans laquelle nous vivons. Je pense qu'il est temps de parler de certaines choses sans langue de bois.* »

- « *Ainsi tu voudrais que j'explique en*

Tu n'es pas la femme de l'homme que je suis.
© Nathanaël AMAH , 2019 NATHAM Collection

quelques mots, comment nous en sommes arrivés à ce désamour ? N'est-ce pas ? »

- *« Alain, aucun amour ne cesse d'exister par l'opération du Saint-esprit. »*

- *« Je sais Margot. Tu veux que je t'explique pourquoi la beauté de notre amour s'est volatilisée, et les raisons de l'étiolement de nos sentiments ? ... OK ! ...*

Tu sais, les signes de ce désamour étaient visibles depuis longtemps, à des kilomètres à la ronde. Mais toi comme moi, nous n'avions pas eu la volonté, ni peut-être le courage de réagir. ...

Nous savons que le flacon de ce parfum précieux à nos cœurs, était ouvert et exposé aux vents, mais aucun de nous n'a eu la présence d'esprit de refermer le bouchon. Aujourd'hui, la senteur de ce parfum a disparu. ... C'est bien regrettable.

Après le départ des enfants, nous n'étions pas préparés ni toi, ni moi à ce face à face révélateur du délabrement de notre relation

Tu n'es pas la femme de l'homme que je suis.
© *Nathanaël AMAH , 2019 NATHAM Collection*

entre époux.

Comment aurions-nous pu éviter les outrages du temps ?

Qui peut anticiper l'évitement d'un naufrage annoncé?

Qui ?

En général, le couple, à partir d'un certain âge, tel un bateau ivre qui transporte des passagers ressemblant plus à des spectateurs qu'à des marins aguerris, vogue au gré des flots, poursuivant son chemin vers un échouage certain.

Margot, sais-tu l'image qui me vient à l'esprit quand je pense à notre couple ? je le compare à un bloc de pierre posé sur le cours d'une rivière, en apparence solide, mais rongé en dessous par les effets des courants.

Oui, notre couple est bien malade. Existe t-il un remède pour le sauver ?

Tu n'es pas la femme de l'homme que je suis.

© *Nathanaël AMAH , 2019 NATHAM Collection*

Non, je ne crois pas.

A qui la faute ?

Je ne vais pas me livrer à une grande tirade concernant les affres de l' époux en totale perdition. Non, Je ne mettrai pas non plus toute la faute sur le dos de la société dans laquelle nous vivons, qui nous écrase de tout son poids, et qui nous impose sa cadence infernale. Non, toi et moi, nous avions laissé se détériorer notre couple. Nous sommes fautifs tous les deux. Nous ne pouvons le nier.

Pour ma défense, j'avance l'idée que pendant des années, j'ai été préoccupé par le bien-être des enfants et de leur mère. J'avais le nez dans le guidon. Je confesse que j'avais un peu compté sur toi pour redresser la barre.Tu as toujours porté la famille. Je ne pouvais pas croire un seul instant que tu puisses défaillir alors que tu as toujours été le pilier de la famille. Margot, je ne t'accuse pas. Je constate.

Et toi ? C'est quoi ta défense ? »

Tu n'es pas la femme de l'homme que je suis.
© Nathanaël AMAH , 2019 NATHAM Collection

4

- « *Alain, tu as vraiment décidé de te payer ma tête aujourd'hui, n'est-ce pas ? »*

- « *Je viens de t'expliquer en long et en large mon analyse de la situation. Pourquoi ne prends-tu pas la peine d'essayer de comprendre mon point de vue ? Pourquoi tu*

Tu n'es pas la femme de l'homme que je suis.

© *Nathanaël AMAH , 2019   NATHAM Collection*

n'essaies pas d'être constructive ? Tu semblent oublier que je suis ton mari, et non pas l'homme à abattre. Je ne suis pas ton ennemi. Il est nécessaire que nous essayions à tout prix de réussir à sauver ce qui peut encore l'être. »

- « Alain, mon pauvre vieux !

Je t'ai connu intellectuellement plus affûté. Ce qui ressort de ta soi-disant analyse est tout simplement consternant.

Toi et moi, nous sommes face à une situation sérieuse et toi, tu me sers cette soupe indigeste, ce ramassis de platitudes.

Procédons par ordre si tu veux bien.

Je suis presque d'accord avec toi sur la première partie de ton analyse sur le constat . Mais ne te réjouis pas trop vite.

Qui ne serait pas d'accord devant un tel désastre ?

Le point sur lequel je t'attendais et pour

Tu n'es pas la femme de l'homme que je suis.
© *Nathanaël AMAH , 2019 NATHAM Collection*

lequel tu m'as extrêmement déçue, ce sont tes conclusions concernant les causes de ce désamour entre toi et moi.

Permets-moi de te poser cette question simple : est-ce que tu m'aimes encore ? Juste un oui ou un non s'il te plaît.»

Alain se demande ce qui se cache derrière cette question. Son cerveau, tel le processeur d'un ordinateur, recherche à toute allure, le meilleur élément de réponse à cette question inattendue, voire troublante.

Il se jette à l'eau.

- « *Oui, Margot, je t'aime toujours.* »

Marguerite se lève et fait quelques pas vers la fenêtre. Elle regarde un instant par la fenêtre, puis, se retourne et s'adosse à la fenêtre.

Elle le fixe longuement. Puis :

- « *Moi, je ne suis plus très sûre de t'aimer de cet amour qui a habité mon cœur il y a quelques temps encore. ….* »

Tu n'es pas la femme de l'homme que je suis.

© *Nathanaël AMAH , 2019 NATHAM Collection*

Alain saute sur l'occasion.

- « *Plus très sûre ?! … ça veut dire quoi ? .. Soit tu m'aimes, soit tu ne m'aimes plus. Il faut que tu saches exactement quelle est ta position dans cette affaire. Il faut que tu sois sûre de toi avant de chercher à me rabaisser comme tu tentes de le faire depuis toute à l'heure. D'accord ? … Je me suis rapproché de toi en toute bonne foi, et voilà comment tu me traites. Pourquoi agis-tu de la sorte avec moi ?* »

- « *Es-tu certain de m'aimer comme au premier jour ?* » répliqua Marguerite.

- « *Sans hésitation oui. Mais je ne sais pas sous quel emballage cet amour que je te porte et que je continue à te porter, se trouve au moment où je te parle.*

Emballage de papier de soie ou tout simplement dans du papier kraft ?

… Au fond, qu'importe l'emballage. Qu'importe ce qu'est devenu ce sentiment

Tu n'es pas la femme de l'homme que je suis.
© *Nathanaël AMAH , 2019 NATHAM Collection*

que je nourris pour toi depuis le premier jour.

L'important n'est-ce pas de conserver en moi, cette sève qui continue d'irriguer mes capillaires aux fins de maintenir mon amour pour toi à son meilleur niveau, comme la tige d'une rose dans de l'eau fraîche qui ne fanera jamais ? »

Marguerite ne rate pas l'occasion de répliquer.

- « *Ahhhhh !!!!! ... la tige d'une rose dans de l'eau fraîche qui ne fanera jamais...*

Hum, dis-moi chéri, dis-moi, qu'aurais-tu fait pour empêcher que notre amour, telle une rose, ne se fane jamais ? »

Tu n'es pas la femme de l'homme que je suis.
© Nathanaël AMAH , 2019   NATHAM Collection

5

- « *Avant de te répondre, permets-moi de reformuler ta question : qu'aurions nous fait pour empêcher que notre amour, telle une rose, ne se fane à jamais ?*

Tu es bien d'accord que dans cette affaire, nous sommes deux, n'est-ce pas ?

Alors pourquoi prends-tu ce malin plaisir à ne charger la barque que de mon côté, au point de chercher à me faire sombrer dans

Tu n'es pas la femme de l'homme que je suis.

© *Nathanaël AMAH , 2019 NATHAM Collection*

les flots ?

Qu'attends-tu de cette « confrontation » si je puis m'exprimer ainsi ?

Moi, au risque de te surprendre, j'en attends quelque chose de positif, même s'il est évident que tu ne ressentes plus rien pour moi, que tu ne montres plus d'indulgence à mon égard.

Je ne sais pas comment nous allons y parvenir, mais, il le faut.

Il est un fait, toi et moi, nous ne savons plus faire l'amour ensemble. Nous ne savons plus profiter de ces rares moments de récréation pour nous retrouver, les yeux remplis d'envies, le cœur battant la chamade.

Ceci dit, pour tenter d'apporter une réponse à la hauteur de ta question, permets-moi, de m'interroger sur les deux points suivants :

- Que craint la vie de couple ?
A mon avis, les limites dans la manifestation des sentiments. D'accord ?

© Nathanaël AMAH , 2019 NATHAM Collection

- Qu'aime la vie de couple ?
Je dirais l'infinité des sentiments. Toujours ok ?

Alors, crois-tu que l'homme et la femme en formant un couple, sont programmés l'un et à l'autre pour satisfaire aux exigences que forment à mon humble avis, les conditions incontournables de la réussite de la vie du couple ?

Moi je ne crois pas.

Pourquoi ?

Parce que nous ne choisissons pas de tomber en amour comme disent nos amis canadiens.Cela se passe comme par magie. Cela arrive quand on s'y attend le moins.

L'autre fait remarquable que je voudrais évoquer pour étayer mon raisonnement, c'est à mon avis, ce phénomène bizarre qui consiste (aussi bien pour l'homme que pour la femme) **à désactiver notre discernement au moment où nous sommes courtisés.**

Tu n'es pas la femme de l'homme que je suis.
© *Nathanaël AMAH , 2019 NATHAM Collection*

Or, le discernement, c'est à dire, la capacité de notre esprit à juger clairement et sainement les choses, est une prédisposition naturelle.

Et tu connais le vieil adage : chasser le naturel, il revient au galop.

Margot, j'ai pris ma part dans cette aventure merveilleuse qui a été la notre.

Je suis tombé amoureux de toi, dès le premier regard, et je le suis encore.

Nous avons tous les deux été des amants magnifiques. Nous nous sommes aimés follement. Combien de fois nous nous sommes dit « Je t'aime » ?

Aujourd'hui, force est de constater que la passion qui nous poussait l'un vers l'autre, nous a quitté.

Cela n'est la faute de personne : ni toi, ni moi.

L'usure du temps ?

Tu n'es pas la femme de l'homme que je suis.

© *Nathanaël AMAH , 2019 NATHAM Collection*

Oui à coup sûr.

Comme tous les bonheurs de la terre, notre bonheur à nous, a été soumis à l'usure du temps, à la lassitude générée par les combats de la vie quotidienne, au délitement imposé par le clivage de nos besoins qui se sont affirmés au fil du temps.

Alors, es-tu d'accord que nous restions amants, même si la passion nous a quittés ?

Sinon, à l'heure où nous évoquons le devenir de notre couple, dis-moi quelle chance pouvons-nous nous accorder pour faire revivre notre couple ?

Que pouvons-nous donner l'un à l'autre ?

Que pourrons-nous demander à l'autre ?

Margot, ce sont des questions importantes. Arrêtons de jouer sur les mots. Soyons constructifs, s'il te plaît !

Ne manquons pas de courage pour faire renaître notre couple. J'y tiens beaucoup.

Tu n'es pas la femme de l'homme que je suis.

© *Nathanaël AMAH , 2019 NATHAM Collection*

A défaut, ne manquons pas non plus de courage si en fin de compte, nous devrions rompre.

Ne nous mentons pas à nous-mêmes. »

Tu n'es pas la femme de l'homme que je suis.

© *Nathanaël AMAH , 2019 NATHAM Collection*

6

Marguerite semble assommée par la longue tirade de son mari.

Elle essaie de mettre de l'ordre dans son esprit afin de tenter de répondre au mieux aux nombreuses questions soulevées par le plaidoyer de son époux.

La chose à éviter coûte que coûte, c'est de perdre la face. Il faut trouver un angle

Tu n'es pas la femme de l'homme que je suis.
© *Nathanaël AMAH , 2019 NATHAM Collection*

d'attaque lui permettant de rebondir et de rester crédible.

- « *Rester amants alors que la passion nous a quittés : c'est bien ce que tu me proposes ?* »

- « *Non Margot ! Non !*

A mon tour de te dire que je suis déçu par ta propension à extraire une phrase de son contexte pour me la jeter au visage sans vergogne. »

Mauvaise pioche.

Marguerite est quelque peu déstabilisée par la réaction virulente d'Alain.

Elle tente à nouveau de contre-attaquer.

- « *Alors, ça veut dire quoi, 'amants sans passion' ? ... Comment peux-tu concevoir cela ? ... Sais-tu ce que cela veut dire : 'être amants' ?*

Si tu ne t'en souviens plus, permets-moi de

te rafraîchir la mémoire.

Deux amants forment un couple s'aimant d'un amour réciproque.

Ça te parle ? Cela remet-il en place les choses dans ton esprit ?

Au minimum, ne devrions-nous pas plutôt parler de la passion du sexe ? ...

Et si plus rien ne nous attire l'un vers l'autre, d'où nous viendrait cette miraculeuse passion du sexe, cet appel du sexe auquel nous devrions répondre ? ...

Comment pourrions-nous nous satisfaire de cela, de vivre comme deux étrangers et de nous livrer à ce simulacre de sentiment tourné exclusivement vers le sexe ?

Peux-tu m'éclairer ?

Peux-tu m'expliquer à quoi je ressemblerais si je baisais avec un homme pour lequel je n'ai plus aucun sentiment ? ...

Tu n'es pas la femme de l'homme que je suis.
© *Nathanaël AMAH , 2019 NATHAM Collection*

Tu sais Alain, cela porte un nom, la situation dans laquelle tu souhaites m'enfermer. N'est-ce pas ? »

Alain pousse un grognement.

- « *Premièrement, je ne compte t'enfermer dans rien du tout. Il faudra ôter cela de ton esprit.*

Deuxièmement, tu as affirmé que tu n'es plus très sûre de m'aimer. Pourtant, tu restes avec moi alors que plus rien ne te retient à mes côtés.

J'essaie de comprendre la situation.

j'essaie de trouver quelque chose du style, le bout de la pelote de laine pour parvenir à relier les deux points de rupture.

Vois-tu ce dont je parle ?

Il ne s'agit nullement de te contraindre à un quelconque simulacre de sentiment. Tu sais parfaitement qui je suis, et tu m'as épousé en toute connaissance de cause.

Tu n'es pas la femme de l'homme que je suis.

© *Nathanaël AMAH , 2019 NATHAM Collection*

Te connaissant, tu ne l'as pas fait sur un coup de tête. Bien au contraire. Tu n'es pas du genre à faire les choses sans réfléchir.

Margot, je voudrais te poser une question simple, si je ne l'ai pas déjà fait : pourquoi restes-tu avec moi si plus rien ne te retient, si tu n'es plus très sûre de m'aimer ? »

- « Je ne sais pas ! »

- « Ce n'est pas un peu court comme réponse ? »

- « Que veux-tu que je te réponde ? …

Tu voudrais entendre de ma bouche te dire que je voudrais divorcer ? …

Ne crois-tu pas que si je voulais divorcer, j'aurais pu faire le nécessaire il y a bien longtemps ?...

Tu sais Alain, j'aurais pu prendre un amant, même deux. … Je plais toujours. … Mais je ne l'ai pas fait, et je ne sais même pas pourquoi. … Peut-être le respect de moi-

Tu n'es pas la femme de l'homme que je suis.

© *Nathanaël AMAH , 2019 NATHAM Collection*

même. ... Ou bien, le rejet du côté sordide d'une relation éphémère qui se termine au petit matin, qui ne ferait qu'ajouter à ma solitude déjà bien installée et contribuerait à élargir mes frustrations au-delà du supportable ....

Offrir ma nudité et mon intimité à un parfait inconnu qui me prendrait sans se poser de question et qui s'en irait sans se retourner, je ne sais pas faire.

Je ne sais pas me répondre face à mon miroir le matin en me souvenant de la folle nuit que je viens de passer avec mon amant de passage. ...

Nous en sommes à discuter de notre couple parce que tu m'as interpellée. ... Et tu exiges que les réponses doivent venir de moi ? ... Et puis quoi encore ? Pourquoi veux-tu que je valide une décision que tu as déjà prise ? »

Tu n'es pas la femme de l'homme que je suis.
© *Nathanaël AMAH , 2019 NATHAM Collection*

7

Le métier qu'exerce Alain, l'oblige à trouver
les bons arguments pour remporter la vente
face à son prospect.

Cela n'est pas chose facile tous les jours.

Parfois, la lassitude le guette. Mais, en bon
père de famille, le bien-être de sa famille a été
tout au long de cette période (où les enfants

 Tu n'es pas la femme de l'homme que je suis.
© Nathanaël AMAH , 2019 NATHAM Collection

vivaient encore à la maison), un aiguillon efficace, l'empêchant de mollir.

Un commercial, c'est aussi mais avant tout la conjugaison de deux talents essentiels : la maîtrise dans un domaine de prédilection et le caractère pugnace d'une personne capable de vendre du sable aux habitants du désert.

Par conséquent, Alain qui excelle dans son métier, est en principe bien armé pour répondre aux arguments de son épouse, excepté le fait que la gestion des sentiments n'est pas son domaine de prédilection.

Mais au fait, l'objet à vendre, c'est lequel, si l'on s'autorise cette analogie ?

- Les sentiments qu'il continue d'entretenir au fond de son cœur pour cette femme qui lui a donné sept beaux enfants ?
- Son envie de reconquérir le cœur de son épouse quitte à bouleverser radicalement sa vie personnelle et professionnelle ?
- Son désir de faire revivre son couple même s'il assiste au chant du cygne ?

Tu n'es pas la femme de l'homme que je suis.
© Nathanaël AMAH , 2019 NATHAM Collection

Qu'importe, il doit faire le job.

Il veut transmettre un message qui lui tient à cœur. Ce message qu'il a longuement mûri pour exprimer l'état d'esprit dans lequel il se trouvait au moment du déclenchement de la discussion. Mais, pour l'instant, tout lui échappe. Son seul recours : se livrer (bien malgré lui) à des circonvolutions intellectuelles pour sauver la face.

Sauver la face pourquoi ?

Est-il coupable de quoi ? Qu'a t-il fait de mal ?

Vouloir faire le point avec son épouse en ce qui concerne leur vie de couple, serait-il préjudiciable à sa bonne foi, à son souci de sauver son couple ?

Non !

Mais, l'approche qui a été la sienne a brouillé la clarté de ce message qui lui tient à cœur.

De la position de l'époux merveilleux,

© *Nathanaël AMAH , 2019 NATHAM Collection*

soucieux de maintenir l'harmonie au sein de son couple, il passe en une fraction de seconde à celle du mari détestable,détesté, négligeant, indigne, … .

Comment arrive t-on à un tel niveau de distorsions entre un projet initial basé sur des intentions pures, qui reflètent la bonne foi d'un époux attentionné, et l'image totalement déformée des résultats attendus, faisant ainsi d'Alain, le parfait mari à abattre ?

Est-ce le propre de l'homme (être humain, tous sexes confondus) que de compliquer ce qui est simple au départ ?

Peut-être cela est imputable à la perte de notre capacité à écouter, (pour peu que le dialogue existe), ce qui nous amène à répondre à notre interlocuteur avant de comprendre de quoi il s'agit.

Dans ce jeu de miroirs déformants, les idées préconçues prennent également une place non négligeable.

On suspecte l'autre pour de mauvaises raisons.

© Nathanaël AMAH , 2019 NATHAM Collection

On cherche les responsabilités aux mauvais endroits.

Les échecs sont toujours imputés aux mêmes parce que c'est ainsi depuis la nuit des temps.

On n'est pas obligé de se justifier : la vérité coule de source.

La balance ne penche que du même côté depuis des temps immémoriaux.

Alors, nager contre le courant n'est pas chose aisée, lorsque dans le couple, tout désigne le sexe dit 'fort' en l'accusant de toutes les turpitudes.

Tu n'es pas la femme de l'homme que je suis.
© Nathanaël AMAH , 2019 NATHAM Collection

8

- « *Margot, je ne tente pas de t'obliger à entériner   une   décision   que   j'aurais hypocritement prise à ton détriment.*

D'autre part, je n'ai pris aucune décision nous concernant dans le sens où tu le sous-entends, bien au contraire.

La décision que j'ai prise, était de te dire combien tu comptes pour moi, même si je

50   Tu n'es pas la femme de l'homme que je suis.

© *Nathanaël AMAH , 2019 NATHAM Collection*

n'ai pas su te le montrer durant ces derniers temps.

Tu sais, je suis devenu l'homme que je suis parce que j'ai oscillé entre l'ennui et la souffrance.

Depuis quelques temps, je ressens un profond ennui en exerçant ce métier que j'ai adoré pendant des années.

A ma grande surprise, ce métier qui m'a permis de mettre ma famille à l'abri du besoin, est devenu sans intérêt pour moi.

La motivation n' y est plus depuis le départ des enfants.

Je ressens une certaine lassitude, un grand vide engendrant la mélancolie produite par la monotonie de mes week-end à la maison.

Mais dans ma famille, il n' y avait pas que les enfants.

Il y a toi et il y a moi.

Tu n'es pas la femme de l'homme que je suis.

© Nathanaël AMAH , 2019 NATHAM Collection

Je n'ai jamais eu l'intention d'occulter cette réalité.

Les choses en sont arrivées bien malgré moi à ce point, générant une réelle souffrance dans ma vie quotidienne.

Une souffrance lancinante qui, jour après jour a eu raison de ma détermination à demeurer le mari parfait.

(Gros soupirs)

Bien évidemment, un mari parfait ça n'existe pas, ni hier ni aujourd'hui.

Ce qui pourrait donner l'illusion du mari parfait, c'est un homme ordinaire qui aime passionnément son épouse, et qui (à l'épreuve des faits) va tenter d'être heureux afin de pouvoir la rendre heureuse à son tour.

Tu comprends ?

Mais, comment me rendre heureux pour te rendre heureuse à mon tour ?

Pour moi, être heureux, c'est de se sentir et

Tu n'es pas la femme de l'homme que je suis.
© *Nathanaël AMAH , 2019 NATHAM Collection*

de se maintenir durablement dans un état de complète satisfaction. Ce qui exclut le bref contentement provoqué par un plaisir fugace.

Alors, en m'appuyant sur cette vague évocation de l'art d'être heureux, qu'est-ce qui pourrait me conforter dans l'idée que je puisse ressentir ce bonheur stable et durable au point de te le transmettre à mon tour ?

L'idée que nous avons créé une famille stable et aboutie ?

Non, je m'égare.

Toi et moi, c'est bien ce dont il s'agit dans cette discussion, n'est-ce pas ? ...

Il paraît que :

« L'art d'être heureux en amour consiste à tout donner sans rien demander. » (2)

Je me suis toujours interrogé sur cette affirmation, à savoir :

Tu n'es pas la femme de l'homme que je suis.
© *Nathanaël AMAH , 2019 NATHAM Collection*

'Tout donner sans rien attendre en retour'.

Mais au fait, que devrait-on attendre en retour lorsque l'on aime quelqu'un du plus profond de son cœur ?

La réciprocité ? L'indifférence ? Le rejet ? La reconnaissance ?

Bien évidemment, un sentiment, quel qu'il soit, n'a pas une valeur marchande. Je ne t'apprends rien.

Alors, en quoi consisterait cette réciprocité si c'est cela dont il s'agit ?

Comment peut-elle se manifester au sein du couple ?

Autrement dit, comment rendre heureuse une femme qui semble déconnectée du couple ?

Je nous observe. Je m'interroge.

Que vois-je ?

Tu n'es pas la femme de l'homme que je suis.
© *Nathanaël AMAH , 2019 NATHAM Collection*

Je vois cet homme qui essaie désespérément de se reconnecter à la femme qu'il aime, et qui l'interroge du regard :

' Que me reproches-tu ? '

Je vois une femme qui s'est murée dans une indifférence totale, me renvoyant l'image de quelqu'un qui ne se sent plus concerné par le devenir son couple.

Tu sais Margot, nous faisons tous des erreurs dans la vie. Nous blessons des gens que nous aimons. Nous décevons nos amis, nous nous éloignons de nos familles.

Parfois nous le faisons par ignorance, parfois par pur égoïsme.

Je ne suis pas parfait. Tu le sais. Tu n'es pas parfaite. Je le sais.

J'ai passé ma vie à essayer de toujours faire pour le mieux dans l'intérêt de notre famille. C'était mon vœux le plus cher que de réussir à établir une famille solide, à l'épreuve du temps.

Tu n'es pas la femme de l'homme que je suis.
© Nathanaël AMAH , 2019 NATHAM Collection

Je ne sais pas quel est ton ressenti durant toutes ces années de solitude, comme tu sembles le dire.

Peut-être, tu n'es pas la femme de l'homme que je suis. »

Tu n'es pas la femme de l'homme que je suis.

© *Nathanaël AMAH , 2019 NATHAM Collection*

9

Marguerite essaie de comprendre le sens caché des propos d'Alain.

Un mari qui avoue qu'il s'ennuie, qu'est-ce que cela peut-il cacher ? A quoi doit-elle s'attendre ?

En fin de compte, ce qui la désarçonne, c'est de vivre une situation qu'elle ne contrôle plus.

Tu n'es pas la femme de l'homme que je suis.
© *Nathanaël AMAH , 2019 NATHAM Collection*

Car désormais installé dans cet espace dans lequel les récriminations sont en sa faveur, (ce qui semble inverser les rôles) Alain ne lui laisse guère le choix.

Par conséquent, il lui faut trouver les bons arguments pour ne pas perdre la face, et ne pas endosser une quelconque responsabilité dans le lent processus de délitement de son couple.

Vu de l'extérieur, le délitement d'un couple est d'une banalité déconcertante : la même cause produit les mêmes dégâts.

Cette cause majeure, c'est l'ennui.

Alain vient d'en faire état.

D'aucun dirait que la passion et l'ennui sont les deux faces de la même médaille.

Alors, comment passe t-on de l'une à l'autre ?

- Quand les yeux ne brillent plus ?

- Quand l'admiration s'estompe et fait la part

belle à l'indifférence et n'éclaire plus les visages endurcis ?

- Quand le désir de plaire cesse d'être la priorité absolue ?

L'ennui s'installe :

- pernicieusement comme une bête malfaisante détruisant les fondations du couple,
- sournoisement, dissimulant les fissures de l'édifice.

En apparence, tout semble aller pour le mieux, dans le meilleur des mondes. Mais à regarder de plus près, tout est craquelé, la solidité de l'édifice tient du miracle. Une légère bise ferait vaciller l'édifice.

Il faut se rappeler qu'au sein du couple au début de la belle histoire, la puissance du désir exclut le discernement, au point de faire perdre de vue l'objet du désir.

Les années passant, le désir s'estompant au fur et à mesure, les ardeurs s'émoussant, que reste t-il de cet objet du désir qui porte le nom symbolique de « conjoint » ?

Que devient la femme du début, fraîche, séduisante, désirable après avoir donné la vie à de nombreux enfants ?

Que devient l'homme du début, svelte, attentionné, tendre, puissant, après quelques années bière dans l'estomac ?

Images désastreuses renvoyées par un laisser-aller généralisé, images qui ne plaident ni en faveur de l'un ni en faveur de l'autre.

Cela explique t-il en totalité la mort du désir dans le couple lorsque l'envie disparaît ?

Il n'est pas certain que, l'apparence physique ait un rôle déterminant dans le maintien du désir au sein du couple.

La question est ailleurs.

La question est beaucoup plus subtile.

Car avoir envie de l'autre, n'implique pas

© *Nathanaël AMAH , 2019 NATHAM Collection*

automatiquement de désirer l'autre.

Le désir étant l'expression d'un besoin de l'autre, dans tous les compartiments de la vie du couple, aux fins de satisfaire à cette nécessité d'être à deux pour l'éternité, donc source de satisfaction ou de non satisfaction selon la qualité du parcours du couple, alors que l'envie qui n'est pas systématiquement synonyme du désir, peut être comprise comme l'évocation d'un besoin éphémère.

Alain se souvenait-il qu'il y a une femme à la maison qui l'attend ?

Marguerite avait-elle hâte de voir son mari débarquer à la maison en fin de semaine ?

10

- « 'Je *ne suis pas la femme de l'homme que tu es'*.

C'est bien cela Alain ? ... C'est ce que tu penses vraiment ? Comment es-tu arrivé à cette conclusion ? »

- « *Margot, s'il te plaît, commence déjà par me dire ce que tu as compris dans cette phrase. »*

Tu n'es pas la femme de l'homme que je suis.

© *Nathanaël AMAH , 2019 NATHAM Collection*

Marguerite reste un moment silencieuse.

A t-elle réellement compris le sens profond de cette phrase qui sonne bizarrement dans sa tête depuis quelques instants ?

D'autre part, l'ambiguïté de cette phrase ne l'aide pas beaucoup.

Elle doit réfléchir avant de répondre.

La situation est trop grave pour laisser la place à l'improvisation.

En attendant :

- « *Tu voudrais dire que je me suis mariée à un homme qui n'est pas celui que je crois ?* …

Aurais-tu une autre façon d'expliquer ce que tu m'as dit ? ».

Alain éclate de rire.

- « *Et ça te fait rire ?* » réplique Marguerite

© *Nathanaël AMAH , 2019 NATHAM Collection*

en fulminant.

- « *Non chérie. … Où es-tu allée chercher tout ça ?* ».

- « *Je savais bien que tu ne m'as pas apostrophée pour rien. Tu as bien préparé ton coup, n'est-ce pas ? … Et moi qui croyais que tu avais réellement l'intention de sauver notre couple. … Je suis vraiment bête. … Tu m'as bien eue.* »

Ceci dit, Marguerite sort de la cuisine et va se soulager aux toilettes.

Elle a les larmes aux yeux.

Elle ne contrôle plus ses émotions.

D'un pas décidé, elle pénètre en force dans la cuisine, sabre au clair, plus en colère que jamais.

- « *Tu veux divorcer ? Hein ! … C'est ça que tu veux ? … Dis-le clairement. Ne te cache pas derrière tes phrases alambiquées ! … J'ai sacrifié ma vie pour toi et c'est*

© *Nathanaël AMAH , 2019 NATHAM Collection*

comme ça que tu me remercies ? Je me suis dévouée corps et âme pour la famille, et c'est maintenant que tu oses me dire que je ne suis pas la femme de l'homme que tu es ? ... Comment peux-tu croire que je puisse accepter ça ? ... Qu'est-ce que tu crois ? »

dit-elle en hurlant.

Elle pleure de plus en plus fort.

Alain est abasourdi. Il ne comprend pas ce déluge de feu qui s'abat sur lui. Il faut faire quelque chose.

Il se lève, et avance vers elle.

- « *Ne t'approche pas de moi !* »

dit-elle en reculant.

Alain stoppe sa marche vers elle, et revient s'installer à la table.

Marguerite avance vers la fenêtre. Elle reste un moment, le dos tourné, à observer la rue.

© *Nathanaël AMAH , 2019 NATHAM Collection*

Son nez est une vraie fontaine.

Un silence étrange règne dans cette cuisine.

Un champ de ruines après une joute oratoire déséquilibrée au cours de laquelle la sémantique n'a pas su trouver sa place.

Pas de fûts de canons qui fument.

Pas de lamentations de soldats blessés.

Juste la présence de deux pauvres naufragés des sentiments, englués dans une situation surréaliste provoquée par une phrase. Une simple phrase qui déclencha le feu nourri de Marguerite.

A cet instant précis, ce qui reste des sentiments qui les liaient n'est pas glorieux.

Il a été question de perte du désir. A présent, il ne serait pas inapproprié de parler de la mort subite du couple que forme Marguerite et Alain.

Plus personne ne parle. Plus personne ne

Tu n'es pas la femme de l'homme que je suis.

© Nathanaël AMAH , 2019 NATHAM Collection

regarde l'autre.

Marguerite réfléchit à la suite à donner à ce qu'elle considère comme une agression caractérisée.

Alain, temporise afin de faire tomber la tension qu'il a involontairement fait grimper. Il aura tout le loisir de réamorcer le dialogue plus tard.

Tu n'es pas la femme de l'homme que je suis.
© *Nathanaël AMAH , 2019 NATHAM Collection*

11

L'heure du dîner approchant, Marguerite s'est résolue à mettre en route la préparation du repas.

Rien de sophistiqué comme d'habitude. Juste un potage de légumes et une omelette aux fines herbes accompagnée d'une salade verte aromatisée à l'huile de noix. Un morceau de

Tu n'es pas la femme de l'homme que je suis.
© *Nathanaël AMAH , 2019 NATHAM Collection*

munster et une tranche de kouglof.

Pas de quoi mettre à mal ses talents de bonne cuisinière.

C'est ainsi.

Service minimum oblige.

Alain met la table. Il sert le vin. Marguerite préfère de l'eau prétextant une migraine.

Le dîner se déroule en silence. Seuls les cliquetis des fourchettes et des couteaux viennent perturber ce silence quasi monacal.

Gros appétit ! L'émotion, ça creuse. Alain se ressert. Marguerite fait de même.

Soudain, elle s'arrête de manger et se met à fixer son futur ex mari.

Alain le remarque et se prépare mentalement à affronter la seconde salve de questions.

Mais il ne se passe rien. Marguerite se remet à manger.

Tu n'es pas la femme de l'homme que je suis.

© *Nathanaël AMAH , 2019 NATHAM Collection*

Fausse alerte.

Alain respire.

Le repas se termine.

Alain a envie d'une prune.

A tout hasard, il propose un verre à son épouse. Elle accepte à sa grande surprise.

Très mauvais présage, se dit-il.

Tout dépendra du nombre de verres de prune qui seront bus, l'alcool ayant cette faculté de désinhiber les esprits les plus « vertueux ».

Il attend de voir la suite.

Au bout de deux verres, Marguerite décide de parler.

- « *Alain, J'ai une dernière chose à te dire : ce soir tu me feras l'amour.* » dit-elle froidement en se resservant un troisième verre de prune.

Tu n'es pas la femme de l'homme que je suis.
© *Nathanaël AMAH , 2019 NATHAM Collection*

- « *hein !?* » rétorqua Alain très surpris.

- « *Tu as bien entendu. Ne me fais pas répéter s'il te plaît.* »

- « *Margot, tu ne préfères pas que je t'explique ce que j'ai voulu dire ?* »

- « *Plus tard ! Plus tard ! Tu vas avoir tout le temps nécessaire pour t'expliquer, tu peux compter sur moi.* »

Le mystère s'épaissit.

En attendant, un quatrième verre.

Alain commence à reprendre des couleurs. A quatre verres, c'est le sommeil garanti une fois dans le lit.

Il croise les doigts.

© *Nathanaël AMAH , 2019 NATHAM Collection*

12

Le moment tant redouté arriva.

Prétextant regarder la fin du film, Alain s'attarde dans le canapé.

Ensuite c'est le passage obligé aux toilettes sans oublier le journal télé pour les mots croisés.

Tu n'es pas la femme de l'homme que je suis.

© Nathanaël AMAH , 2019 NATHAM Collection

Puis, la douche du soir, délassant, bienfaisant pour le corps et l'esprit.

Il s'attarde sous les fines gouttelettes d'eau délivrées par le pommeau de douche à débit contrôlé, caressant le secret espoir qu'à son retour dans la chambre à coucher, sa chère et tendre dormirait à poings fermés après leur fin de journée agitée et les quatre verres de prune.

Que ne fut sa surprise en pénétrant dans la chambre. Marguerite, dans un déshabillé noir, étendue à sa place habituelle, feuillette une revue de mode.

Un rapide coup d'œil lui fait apercevoir tout un arsenal d'objets sexuels négligemment dispersés sur le lit.

Il se fige.

- « *Ah te voilà !* » lui lance Marguerite.

- « *C'est quoi ça ?* » dit Alain d'une voix étranglée en pointant du doigt ces objets dispersés sur le lit.

Tu n'es pas la femme de l'homme que je suis.
© *Nathanaël AMAH , 2019 NATHAM Collection*

- « *Ah, ça ? … C'est toi quand tu n'es pas à la maison. … C'est ça ou des amants en chair et en os pour peupler mes nuits. … Alors j'ai choisi l'amant imaginaire. Celui-là même qui n'est pas obligé de se sauver au petit matin avant que les enfants se réveillent. … Celui qui est toujours disponible, opérationnel, et qui ne me pose pas de questions.* » répond Marguerite d'une voix paisible et assurée.

- « *Depuis quand possèdes-tu ces objets ?* » demanda Alain.

- « *Depuis toujours. … Tu sais, je suis une femme. Au cas où tu l'aurais oublié. … c'est le prix de ma fidélité durant toutes ces années. … Tu comprends ? … Et aujourd'hui, tu oses me dire ce que tu m'as dit ? Alain, il t'arrive de réfléchir avant de parler ? Tu m'as brisé le cœur.* »

Alain ne l'écoute pas.

Sa principale préoccupation, c'est le coup qu'il vient de recevoir et qui l'a touché au plus

Tu n'es pas la femme de l'homme que je suis.
© Nathanaël AMAH , 2019 NATHAM Collection

profond de son orgueil de mâle.

Il n'en revient de ce qu'il vient d'apprendre. Il ne sait pas comment réagir. Doit-il se mettre en colère ? Doit-il rendre grâce à son épouse pour avoir préservé sa fidélité durant toutes ces années ? Qui de nos jours est capable d'un tel dévouement ? Qui peut faire preuve d'une telle abnégation ?

- « *Et quand comptes-tu les ranger pour que je puisse me coucher ?* »

- « *Alain, je ne vais pas les ranger.* »

- « *Et pourquoi ?* »

- « *C'est à toi de faire ce qu'il convient de faire.* »

- « *C'est à dire ?* »

- « *Soit tu persistes dans ton attitude, auquel cas, tu me laisses les ranger et je continue d'entretenir mon amant imaginaire et qui sait, je pourrais passer dans une autre dimension, celle dans laquelle un amant en chair et en*

© *Nathanaël AMAH , 2019 NATHAM Collection*

os saurait combler mes désirs sexuels, soit tu en fais ce que tu veux et tu t'assures de ne plus jamais me laisser dans ce désert affectif et sexuel. C'est clair ? …   J'attends ta réponse. »

Alain est décontenancé face à l'intransigeance et à la détermination de son épouse.

Tu n'es pas la femme de l'homme que je suis.
© *Nathanaël AMAH , 2019 NATHAM Collection*

13

La mâchoire serrée, Alain regroupe tous les objets dispersés sur le lit, et les range dans un carton.

Marguerite, toujours dans son déshabillé noir, détendue, imperturbable, continue de feuilleter nonchalamment sa revue de mode. Elle ne semble pas se préoccuper de ce qui se passe autour d'elle. Elle attend patiemment la

Tu n'es pas la femme de l'homme que je suis.
© Nathanaël AMAH , 2019 NATHAM Collection

suite des événements. Elle a sa petite idée. Elle attend de voir si son époux a vraiment compris le message.

Elle vient de se révéler.

Une situation inattendue dans ce face à face où tous les coups sont permis.

Alain finit de ranger les objets.

- « *J'en fais quoi ?* » interroge Alain sur un ton péremptoire.

Il sent la moutarde lui monter au nez.
Une colère froide l'envahit.

Il ne se définit pas comme une personne irascible, bien au contraire. En général, il se tient à l'écart de tout ce qui pourrait le mettre en colère. Il ne peut donc pas se mettre en colère car, si sa chère et tendre avait pour objectif de le pousser à cette extrémité en agissant de la sorte, seule la perte de son sang-froid peut ouvrir les portes de cette colère qui est en train de poindre.

Il ne peut s'imaginer être un jour dans cette posture : debout face à son épouse qui ne le

© *Nathanaël AMAH , 2019 NATHAM Collection*

calcule pas, le carton de la honte entre ses mains, attendant les instructions de cette femme qui l'a fait descendre plus bas que terre lui le père de ses sept enfants, devenu un banal objet sexuel.

Comment peut-il accepter cela ?

Un amant en chair et en os aurait tout son sens dans le cas de figure de la femme délaissée. Un amant en chair et en os peut être combattu à armes égales. Un amant en chair et en os peut être combattu à coups d'arguments démolissant sa légitimité à s'immiscer dans la vie du couple. Un amant en chair et en os peut être combattu sur le champ de l'honneur. Un amant en chair et en os peut être discrédité en mettant en cause son courage à affronter la réalité de sa couardise.

Oui !

Mais que faire contre un amant virtuel en latex, qui tient dans un carton ?

Alain n'est pas certain de percevoir la réalité de la situation. Il est blessé dans son orgueil

Tu n'es pas la femme de l'homme que je suis.
© *Nathanaël AMAH , 2019 NATHAM Collection*

de mâle. Sa perception est ainsi faussée, ne percevant que le spectre de la réalité. Ce qui n'est pas de nature à lui permettre de laver l'affront qu'il vient de subir avec les armes appropriées, et de se sortir de ce dilemme dans lequel il est irrémédiablement enfermé depuis la découverte du secret de son épouse.

Il ne peut se tromper dans sa quête de vérité et de victoire.

Deux options s'offrent à lui :

- raisonner de manière hypocrite à partir d'une hypothèse basée sur le mensonge, en d'autres termes se croire blanc comme neige pour se dédouaner des lourdes charges qui se sont amassées sur sa tête depuis plusieurs années selon les dires de son épouse. S'en sortir par la petite porte, au mieux en obéissant aux injonctions de son épouse en jetant le carton à la poubelle et revenir lui faire l'amour comme un dieu comme elle l'aurait souhaité, au pire, en consentant au divorce avec son cortège de désagréments et de frais inutiles;

- se placer dans la réalité des faits à savoir

Tu n'es pas la femme de l'homme que je suis.
© Nathanaël AMAH , 2019 NATHAM Collection

accepter ses torts en toute humilité, s'amender et essayer de trouver une porte de sortie honorable : privilégier l'instauration d'un dialogue constructif aux fins de restaurer la confiance au sein de son couple, en un mot, coexister de nouveau.

Tu n'es pas la femme de l'homme que je suis.
© Nathanaël AMAH , 2019   NATHAM Collection

14

Alain amorce un mouvement vers la sortie de la chambre. Il marque un arrêt, se retourne et regarde fixement son épouse toujours étendue dans son déshabillé noir.

Marguerite l'observe du coin de l'œil.Elle sent sa victoire proche.

Cela ne sert à rien de mêler cette arrogance

Tu n'es pas la femme de l'homme que je suis.

© *Nathanaël AMAH , 2019 NATHAM Collection*

affichée à sa fausse douceur qu'elle cherche à montrer en adoptant cette attitude lascive dans son déshabillé noir.

Trop de défiance risque de ne pas être tolérable.

Marguerite le sait.

Mais pour l'heure, elle ne ressent pas la nécessité de se tenir sur ses gardes. Elle croit tenir son époux entre ses mains. Selon elle, il aurait trop peur de la perdre : donc sa marge de manœuvre serait non négligeable.

Elle sait également qu'en lui imposant la vue de ces objets à caractère sexuel, les effets de cette violente secousse psychologique seraient immédiats, et obligeraient son époux à reconsidérer sa position.

Elle annonce à ce dernier qu'elle l'aurait trompé pendant des années avec un amant imaginaire.

Pourquoi devrait-il la croire sur parole ?

© *Nathanaël AMAH , 2019 NATHAM Collection*

Et si la vérité n'était pas celle-là ?

Il serait en droit de se demander s'il n'est pas en train d'assister à la manifestation d'une confusion mentale qui ne dit pas son nom ?

En clair, une mémoire sélective qui porterait sur la réalité des événements survenus dans sa vie.

Alain serait alors fondé à se poser la question sur la capacité de son épouse à dissocier le vrai du faux.
Un amant virtuel pourrait-il dissimuler un amant en chair et en os ? Un train peut en cacher un autre, dit-on.
Un objet à caractère sexuel serait-il le parfait alibi ?
Une manière détournée d'avouer l'inavouable, à savoir :
« *Chéri je t'ai trompé pendant toutes ces années où tu m'as délaissée.* »

(Gros soupirs)

Un aller-retour entre la chambre et la cuisine, scellerait définitivement la capitulation de cet

Tu n'es pas la femme de l'homme que je suis.
© *Nathanaël AMAH , 2019 NATHAM Collection*

homme qui a beaucoup compté dans sa vie, et qui continue de compter pour elle.

La discussion houleuse de l'après-midi lui a permis de se rendre-compte que son désir pour son époux est resté intact.

Comment cela pourrait-il en être autrement :

- Alain a passé sa vie à tenter d'être le chef de famille idéal.
- Marguerite, de son côté, a tenté d'être l'épouse modèle.

Aujourd'hui, ces deux personnes empruntent des voies parallèles pour atteindre le même objectif : la reconquête de l'autre.

Ceci est un véritable défit. Ce n'est pas une chose aisée que d'être sur la même longueur d'onde quand la communication est brouillée.

Alain essaie de dire à Marguerite tout le bien qu'il pense d'elle, au point de lui déclarer bien maladroitement sa conviction qu'il ne la mérite pas.

Marguerite tente de déceler en lui sa capacité à transcender une situation critique pour ne

© *Nathanaël AMAH , 2019 NATHAM Collection*

retenir que l'essentiel, à savoir son amour indéfectible pour elle.

Tu n'es pas la femme de l'homme que je suis.

© *Nathanaël AMAH , 2019 NATHAM Collection*

15

De retour de la cuisine où le contenu du carton est à présent au fond de la poubelle, Alain, décide de se poser un instant dans le canapé du salon.

Il se sert un verre et attend dans le noir, dans un silence religieux. Il réfléchit sur la suite à donner à cette situation qui indéniablement lui échappe.

Il sait que Marguerite l'attend toujours dans le

Tu n'es pas la femme de l'homme que je suis.
© Nathanaël AMAH , 2019 NATHAM Collection

lit, dans son déshabillé noir, avec la ferme intention d'obtenir une réponse concrète au deal qu'elle vient de lui proposer.

Le courage lui fait défaut, mais il ne s'avoue pas vaincu.

Il se ressert un verre.

Il veut s'enivrer le plus vite possible. Il veut fuir la réalité. Il ne peut plus supporter cette situation qui le laisse sans voix et sans espoir.

Il n'a plus d'arguments à opposer à celle qui le tient fermement dans ses griffes. Il est sans défense face à cette condamnation qu'il vient de s'infliger lui même en se débarrassant du contenu « gênant » du carton. Il a choisi de le faire. Par conséquent, la « sanction » est sans appel et exécutable dans les meilleurs délais.

Faire l'amour à une femme sous la contrainte, (vu sous cet angle), une première pour lui.
Une situation surréaliste d'autant plus qu'il s'agit de son épouse.

Quel homme ne serait pas ravi d'honorer une

© Nathanaël AMAH , 2019 NATHAM Collection

telle invitation, même sous la contrainte ?

Une question de volonté ?

Oui, mais ...

... « *La volonté est tellement libre de sa nature, qu'elle ne peut jamais être une contrainte.* » [3]

Cependant, Alain serait stupide de chercher en lui-même cette nécessaire volonté sans la volonté de la trouver

Il savait ce qui se cache derrière l'ultimatum de son épouse. Il a franchi la ligne rouge en toute connaissance de cause. Il sait qu'il n'a que deux options : céder ou admettre la mise en exécution des menaces de son épouse.

Il se sert un troisième verre.

Alain n'est plus en capacité de réfléchir sur la conduite à tenir. Le contenu de ces verres qu'il vient d'absorber l'en empêche.

A travers la brume des vapeurs d'alcool, il se voit dans la position d'une bête fauve

Tu n'es pas la femme de l'homme que je suis.
© *Nathanaël AMAH , 2019 NATHAM Collection*

enfermée dans une cage face à une dompteuse en déshabillé noir, un fouet dans chaque main.

Comment en est-il arrivé là, empêtré dans ce bras de fer qu'il n'est pas sûr de gagner?

Alors, surgissant de nulle part, une force que d'aucun qualifierait de surhumaine le pousse à se mettre sur ses deux jambes.

Tel un matador qui entre dans l'arène, Alain bombe le torse et pénètre dans la chambre à coucher.

Pas de foule en délire qui hurle et réclame la mise à mort du taureau. Pas de spectateurs avides de sang.

A la place, il redécouvre cette femme toujours dans son déshabillé noir, bien décidée à occuper cette arène coûte que coûte, cet espace pas bien grand, 140 sur 190, ce lieu où la vie et la mort se livrent un combat sans fin.

Prêt à en découdre, très calmement, Alain ôte son peignoir. A travers la lumière tamisée de la chambre, Marguerite découvre le corps de

Tu n'es pas la femme de l'homme que je suis.
© Nathanaël AMAH , 2019 NATHAM Collection

son époux comme au premier jour. Elle referme sa revue de mode, se tourne vers lui.

- « *T'en as mis du temps !* »

- « *Me voilà. … Que me veux-tu ?* »

- « *Déshabille-moi !*»

Tu n'es pas la femme de l'homme que je suis.

© *Nathanaël AMAH , 2019 NATHAM Collection*

16

Alain s'exécute sans émettre un son.

Marguerite est satisfaite de la bonne tournure de son ultimatum. Elle se laisse déshabiller. Elle savoure le moment. Elle a toujours été soucieuse d'apprécier pleinement ces instants particuliers qui lui sont donnés de vivre. Elle a une propension à rechercher les plaisirs charnels extrêmes. Ses longues nuits seule

Tu n'es pas la femme de l'homme que je suis.

© *Nathanaël AMAH , 2019 NATHAM Collection*

dans son lit, l'ont conduite à plusieurs reprises à explorer son corps et à en extraire des émotions sans égale, proches de l' extase.

Mais Alain l'ignore.

Connaît-il vraiment la femme qui a donné la vie à ses sept enfants ?

Pour lui, Marguerite est comme une sainte. A ses yeux, elle est celle qui a sacrifié sa carrière d'ingénieure au profit exclusif de son foyer, ne manquant pour rien au monde la célébration de l'office du dimanche. .

Dès lors, comment pouvait-il l'imaginer dans la peau de celle qui est capable de fomenter une telle mascarade, juste pour se laisser déshabiller aux fins de s'émoustiller ?

Le sourire malicieux sur ses lèvres atteste de ce désir de tirer profit de ce moment délicat et surréaliste qui semble tourner à son avantage. Elle ne fait aucun effort pour l'aider dans la pénible tâche qui lui est dévolue de la déshabiller.

Tu n'es pas la femme de l'homme que je suis.

© Nathanaël AMAH , 2019 NATHAM Collection

Contre toute attente, ou tout simplement parce que l'éveil des sens a joué son rôle, Alain réagit à ce stimulus visuel, au moment où sont libérés les seins de son épouse hors du déshabillé noir. Des seins opulents, d'une blancheur laiteuse, avec leurs bouts rosés, gonflés de désir. Marguerite s'en aperçoit et profite de la situation.

En effet, elle ne peut manquer de voir cette raideur, plutôt cette protubérance devrais-je dire, qui se détache du corps de son époux en tenue d'Adam. Elle semble redécouvrir la verdeur de ce corps qu'elle n'a plus eu l'occasion d'observer et de toucher du doigt depuis bien longtemps.

Elle étend le bras. Elle l'effleure. Elle ne se lasse pas de l'effleurer. Au même moment, elle continue à adopter cette position bizarre qui rend son corps inerte, donc difficile à manipuler. Elle met tout en œuvre pour faire durer le plaisir.

Alain peine à accomplir la tâche qui lui a été assignée. Et plus il se heurte à cette résistance, plus son excitation devient insupportable.

© Nathanaël AMAH , 2019 NATHAM Collection

Marguerite profite pleinement de la situation. Elle ne le lâche pas. Ses doigts experts courent tout au long du corps tendu de son époux.

Alain est au bord de la folie.

Va t-il finir par déchirer ce fichu déshabillé une bonne fois pour toutes ?

Non, ce serait du viol.

Cela ne serait pas digne de lui de se comporter ainsi, tel un voyou de grand chemin qui serait capable de molester la très « innocente » et pieuse Marguerite qui est à sa merci. Non, ce n'est pas le genre de la maison.

L'agacement le guette.

Il est au bord de l'épuisement.

Dans un dernier effort, il réussit enfin à ôter le déshabillé noir qui a un peu souffert. Une aiguille, du fil noir et le talent de couturière de Marguerite seront nécessaires pour réparer les outrages de ce déshabillage au forceps.

© *Nathanaël AMAH , 2019 NATHAM Collection*

A présent, les deux époux forment un tableau surréaliste qui ferait le bonheur des étudiants des beaux-arts.

D'un côté, Marguerite en tenue d'Eve, étendue dans son lit, fatale, attendant l'assaut final, tenant dans sa main un appendice que d'aucun qualifierait de tendu, de l'autre, Alain, en tenue d'Adam, debout à côté du lit, pris en otage par son épouse, relié à elle par cet appendice arborant une vigueur qui jusque là, ne faiblit pas.

Tu n'es pas la femme de l'homme que je suis.
© *Nathanaël AMAH , 2019 NATHAM Collection*

17

- « *Viens chéri !* » dit-elle d'une voix suave.

Peine perdue.

En effet, au moment précis où elle lança son invitation, l'excitation qui habitait le corps d'Alain chuta dramatiquement.

Ainsi, l' appendice vigoureux vis-à-vis duquel Marguerite faisait mille et un projets, se

Tu n'es pas la femme de l'homme que je suis.
© *Nathanaël AMAH , 2019 NATHAM Collection*

transforma en une masse informe, inutilisable, presque désagréable au toucher.

Marguerite quitte sa position couchée, se met à genou sur le lit face à son époux toujours debout à côté du lit, puis tente de pratiquer les premiers secours pour ranimer la flamme vacillante qui ne tarda pas à s'éteindre.

Cela dure un moment. Tout y passe, en vain. La tension ne remonte pas.

« *Electropénigramme* » *(4)* plat.

Se rendant à l'évidence, persuadée qu'il n'y a plus rien à faire, elle décide d'abandonner son acharnement thérapeutique sur ce qui fut pendant un bref instant, l'objet de ses désirs les plus fous.

Mais, elle ne peut lâcher prise. Elle est folle de rage. Elle en était arrivée à un point de non retour, et ne peut se satisfaire de la situation. Avant de déverser sa colère sur son époux qui n'est que la triste victime de sa lubie, une envie folle lui traversa l'esprit. Se rendre à la cuisine et récupérer ses objets fétiches dans la poubelle.

Au moment où elle décida de quitter le lit pour se rendre à la cuisine, la petite voix intérieure la rattrape et lui conseille d'oublier cette idée au plus vite.

Loin de s'être apaisée, Marguerite ne sait pas comment gérer cette tension accumulée en elle durant ce déshabillage laborieux.

Après ce fiasco retentissant, l'envie de taper sur son époux la démange. Pourtant, à la réflexion, elle lui trouve des circonstances atténuantes. En effet, ce déshabillage au forceps aurait découragé plus d'un homme, et aurait causé chez la plupart des plus robustes cette panne prévisible après un tel effort.

A qui la faute ?

Est-elle en mesure d'analyser froidement la situation, elle qui est échaudée après sa chute vertigineuse ?

Elle ressent presque de la haine pour celui qui fut pendant un court instant, le jouet avec

© Nathanaël AMAH , 2019 NATHAM Collection

lequel elle espérait finir sa nuit en beauté.

Un gros investissement en émotions pour pas grand-chose. Une perte de temps colossale. Une frustration qui dépasse de loin le niveau de son désir de créer cet événement, sensé constituer le point d'orgue d'une tentative de réconciliation. Elle est déçue. Extrêmement déçue. Elle tremble. Elle quitte le lit, sort de la chambre, et va s'enfermer dans les toilettes.

Exténué, Alain profite de l'occasion pour s'engouffrer dans le lit.

Tu n'es pas la femme de l'homme que je suis.

© Nathanaël AMAH , 2019 NATHAM Collection

18

De retour dans la chambre, Marguerite ne peut que constater l'état déplorable de son époux, profondément endormi, la bouche ouverte, ronflant comme un sonneur.

Triste tableau.

Que pouvait-elle espérer d'autre après ce qui fut un échec cuisant, qui lui rappelle ses

Tu n'es pas la femme de l'homme que je suis.
© *Nathanaël AMAH , 2019 NATHAM Collection*

déboires au concours d'entrée à l'école nationale de l'aviation civile ?

Elle voulait être pilote de ligne. Son rêve : parcourir et découvrir le monde.

Mais à la place, une admission dans une école d'ingénieur, une formation d'ingénieur, un métier qu'elle n'a jamais exercé, une vie de mère de famille nombreuse, un mari souvent absent, un désert affectif.

En résumé, une vie autre que celle dont elle avait rêvée à son adolescence.

Pourtant, elle a toujours été exemplaire dans son rôle de mère de famille nombreuse. Elle n'a jamais laissé transparaître la manifestation d'un quelconque ressentiment. Mais au fait, ressentiment envers qui ? Envers la vie qui lui a imposé une autre voie pour se réaliser ?

Personne ne sait si inconsciemment, elle a gardé au fond de son cœur un peu d'amertume et beaucoup de regrets.

Alors, je m'interroge :

© *Nathanaël AMAH , 2019 NATHAM Collection*

est-il possible de faire le deuil d'un rêve ?

Antoine de Saint-Exupéry a écrit :

«*Fais de ta vie un rêve, et d'un rêve une réalité* »

Mais Coluche a fort justement objecté dans son style bien à lui :

« *… On croit que les rêves, c'est fait pour se réaliser. C'est ça le problème des rêves : c'est que c'est fait pour être rêvé.* »

Faire le deuil d'un rêve, cela veut-il dire : l'oublier ou bien l'occulter ?

Est-ce comparable aux conséquences d'un fantasme inassouvi ? Ce qui reviendrait à considérer la situation comme le corollaire du rêve déchu, soutenu par une mémoire traumatique.

Son échec au concours d'entrée à l'ENAC, sa formation au métier d'ingénieur ne sauraient constituer un frein à la réalisation de son rêve d'adolescente, et constituer une plaie ouverte

Tu n'es pas la femme de l'homme que je suis.
© *Nathanaël AMAH , 2019 NATHAM Collection*

qui ne se refermera jamais.

Mais, l'élément qui a été déterminant dans son choix de sacrifier son rêve au profit de son désir de créer une famille, trouve son fondement (probablement) dans la mise en balance de son instinct de femme et de ce rêve qui a peuplé son esprit. Rêve qui à coup sûr, continue de l'habiter au plus profond de son être.

Pour faire court, son rêve est toujours d'actualité. Elle le porte en elle. Elle n'a pas manqué de le signaler au cours de la discussion avec son époux.

L'a t-il compris ?

Pour elle, cet instinct de femme qui a supplanté son désir de réaliser son rêve de piloter des avions de ligne, en renonçant à se présenter à nouveau au concours d'entrée à l'ENAC, a permis l'existence de ses sept enfants qui un jour peu-être, lui offriront ce tour du monde dont elle a rêvé toute sa vie.

Tu n'es pas la femme de l'homme que je suis.
© *Nathanaël AMAH , 2019 NATHAM Collection*

FIN

Tu n'es pas la femme de l'homme que je suis.
© *Nathanaël AMAH , 2019   NATHAM Collection*

Remerciements / Thanks

Je voudrais remercier Larisa KAZAKOVA pour m'avoir permis d'illustrer la couverture de ce livre avec cette photo sublime qui résume bien l'atmosphère de ce roman.

/

I would like to thank Larisa KAZAKOVA for allowing me to illustrate the cover of this book with this picture that I find sublime, and which sums up the atmosphere of this novel.

/

Je n'oublie pas mes fidèles lecteurs / lectrices, ceux et celles de la première heure, ceux et celles qui me découvrent, pour leurs encouragements et leur soutien.

Tu n'es pas la femme de l'homme que je suis.

© Nathanaël AMAH , 2019 NATHAM Collection

Références

(1)   Lucrèce, De la nature, IV, 1206-1208
(2)   Paul Bourget ; La physiologie de l'amour
      moderne (1889)
(3)   René DESCARTES
(4)   Mot inventé pour illustrer un sous-entendu

Tu n'es pas la femme de l'homme que je suis.

© Nathanaël AMAH , 2019 NATHAM Collection

Éditeur : BoD-Books on Demand, 12/14 rond point des Champs Élysées, 75008 Paris, France
Impression: BoD-Books on Demand, Norderstedt, Allemagne
ISBN : 9782322190171
Dépôt légal : Novembre , 2019

Tu n'es pas la femme de l'homme que je suis.

© *Nathanaël AMAH , 2019 NATHAM Collection*